KB145481

마음속에 핀 꽃

김국현 시집

시음사
시사랑음악사랑

QR코드 스마트폰으로 QR 코드를 스캔하면
시낭송을 감상할 수 있습니다

본문
시낭송
감상하기

 제목 : 버릴 것과 간직할 것
시낭송 : 박영애

 제목 : 경계(境界)
시낭송 : 최명자

 제목 : 그대가 바로 사랑입니다
시낭송 : 박영애

 제목 : 마음의 소리(心 품)
시낭송 : 박영애

 제목 : 잊을 수 없는 날
시낭송 : 박영애

 제목 : 바닷가에서
시낭송 : 박영애

 제목 : 내게 온 사연
시낭송 : 박영애

 제목 : 그대 심는 날
시낭송 : 박영애

 제목 : 마음속에 핀 꽃
시낭송 : 박영애

 제목 : 무언의 약속
시낭송 : 박영애

 제목 : 그대의 미소
시낭송 : 박영애

 제목 : 오월의 편지
시낭송 : 박영애

 제목 : 봄날의 광대
시낭송 : 박영애

 제목 : 낙엽
시낭송 : 박영애

 제목 : 아름다운 길
시낭송 : 최명자

 제목 : 촛불
시낭송 : 최명자

 본문 시낭송 모음

영상은 YouTube 정책 또는 운영 관리에 따라 삭제될 수도 있습니다.

시인은 자연을 이야기하고 시낭송가는 자연을 품었다
글자는 날개를 달아 언어로 날고 소리는 자연에 눕는다

시인의 말

詩를 쓴다는 것은 나를 내려놓고 속에 감추어진 모든 것을 펼쳐가는 것이었습니다.

그 깊숙한 곳에서 잊혀지지 않는 아름다운 사랑이란 그림을 그리다 보면 그리움이 바람처럼 불어와 잠 못 이루는 밤이 되고 말았습니다

지울 수 없었던 작은 상처마저도 놓치지 않고 내려놓으면 어느새 마음속에는 평화가 강물이 되어 흘러가고 있습니다

행여 잘 못 걸어온 인생길을 뒤돌아보면 지나간 추억을 볼 때면 눈시울이 뜨거워져 옴을 느꼈습니다.

삶이란 수레를 타고 오면서 부족하지만, 글을 쓰면서 외로울 때 친구가 되어 위로해 주었고 기쁠 때 축복으로 다가와 주었으며 슬플 때 따뜻하게 손을 잡아 주었습니다.

詩는 나에게 별이고, 강물이고, 바람이고, 양지쪽 따뜻하게 비춰주는 햇살입니다
남은 인생길도 내 곁에서 좋은 친구로 하얀 백지 위에 아름답고 부끄럽지 않은 발걸음을 남기며 사랑하는 마음으로, 기쁨과 행복으로 남은 생을 그려갈까 합니다.

시인 김국현

* 목차

＊ 목차

* 목차

* 목차

가을 소식

살살한 바람이 흰 살갗을 스쳐
낙엽 한 잎 입에 물고
흐르는 강물에 자유롭게 놀고 있는 철새들과
무엇이 그렇게 좋은지
높고 푸른 하늘의 구름이 둥실둥실
춤추며 떠가는 날

단풍으로 곱게 물든
그대의 미소와
그대의 마음속에도
갈바람에 한 잎 두 잎 떨어지는
그리움이 소식 없이 젖어 내리고

손님처럼 찾아온
생의 발걸음이 무겁기만 한 듯
허기진 하루가
찬란한 가을로 물들어 간다.

미덕(美德)

갈 곳은 한 곳뿐이다

이 길을 가나
저 길로 가나
도착해 보면 같은 모양과 형태로 정해져 있다

넘어지면 일어나 가면 되고
힘든 길이라면 쉬어가고
광풍(狂風)이 불면 피해 가면 된다

가야 하는 시간과
가야 할 거리 생각하면
모두가 부질없는 것이기에

무거운 것은 아낌없이 버리고
못 견딜 만큼 힘들면 내려놓고
행여 남는 것 있으면 나누어 주자

그러나
마음속에 보관하고 있는
때 묻지 않고 아름다운
순수한 사랑 몇 가지는 간직하고 가야겠어.

사막의 밤

허기진 기다림으로
타들어 가는 노을의 심장 두드리는
별들의 노래와

모닥불 사랑이 묻어 내리는

은하수 사이사이마다
촘촘히 박혀 있는
깊은 사연 읽으며

순결(純潔)하게 깊어가는 밤이
그대의 모습으로 물들이고 있었다.

보석 같은 날

검은 밤이 초롱초롱한 눈망울로
걸어오는 새벽을 맞이하는 시간
진주처럼 빛나는 아름다운 추억의 조각들을
주워 담기 시작했습니다

향기로운 꽃, 반짝이는 별, 낙엽, 강물, 바람,
그대의 맑은 미소까지
흰 백지 위에 그리기 시작했습니다

그리다 보니 숨소리가 거칠어지고
가슴이 뛰면서 맥박이 빨라지더니

새들의 속삭임
흘러가는 시냇물과 이야기 나눌 수 있는 숲속에서
보름달 같은
그대와 나의 모습이 되고 말았습니다

우리는 나비같이 날아와
꿈과 희망의 모습으로 변하더니
결국은 불순물이 가미되지 않는
사랑의 꽃으로 피어났습니다

이 소중한 것을
분홍빛 보자기에 싸서
은밀하고 깊은 곳에 보관하기로 했습니다.

그대 곁에서

콩을 심었습니다

작은 알이 싹을 틔우고
많은 열매가 맺히게 되기를 기대하면서
한 알, 두 알 정성으로 심었습니다

시간이 지나면서
그대를 향한 그리움이
새벽 강가 물안개가 되어
가슴속으로 젖어 내렸습니다.

그래서
밭 언저리에 작은 여백을 만들고
그대의 모습을 닮은 내 마음을 심었습니다

세월이 흘러
많은 사람들에게 전해지는
전설 같은 색깔과 모양으로
자라주었으면 좋겠습니다.

삼월이 가네

진달래꽃 따 먹으며 놀았던 뒷동산에도
봄바람 불어 떠나갔던 동무들처럼
꽃 같은 삼월이 떠나가네

얼어붙은 대지의 숨결 들으며
솟아오르는 새싹이 눈 비비며 일어나고
버들가지마다 미소처럼
파릇파릇 웃으며 걸어왔던 그 길로
봄소식 가지고 온 전령사가
훈훈한 정으로 영글어 가고 있었네

벚꽃이 눈이 되어 날리는 날
손잡고 걸었던 추억들이
그리움 남기고 떠나간 자리마다
아쉽게 느껴지는 삼월이 쉼 없이 가네

쑥 향기 물씬 풍기고 봄나물 풍성했던
어머니 손길로 차려진 밥상에
구수한 된장찌개가 먹고 싶은 삼월이 가고 있네

사랑하기 좋았던 삼월이 남겨준 그 자리에
물기가 올라 걸음을 재촉하는 사월을 선물하며
떠나간 자리에 나도 가고 너도 가고 있다네

여보게! 들리는가?
바람처럼 강물처럼
떠나가는 삼월 발걸음 소리가.

버릴 것과 간직할 것

가방에는
무엇이든 담을 수 있기도 하고
보관하다가 필요 여부에 따라 버릴 수 있습니다

오늘 아침에는
가방에 있는 물건들을 정리하기 시작했습니다

아름답고 소중한 것은 보관하고
더럽고 추한 것은 버리기로 했습니다

정리하다 보니 너덜너덜해진 가방 속에
세월의 흔적과 상흔을 담아오면서
지쳐 허덕이고 있음을 알았습니다.

자세히 들여다보니
지금까지 손잡고 걸어온 이 가방이
바로 나의 모습이라는 것을 알았습니다.

나의 몸과 마음속에 있는 것도
소중하고 아름다운 추억은 간직하고
상처와 아픔이 되는 것은 정리하기로 했습니다.

그동안 희로애락을 함께하면서
수고와 고마움으로
헤어진 상처를 어루만져 주며 보내기로 했습니다.

제목 : 버릴 것과 간직할 것
시낭송 : 박영애
스마트폰으로 QR 코드를 스캔하면
시낭송을 감상할 수 있습니다

순간(瞬間)

있는 힘을 다하여
넓은 잔디 위로 공을 쳤습니다

치고 보니
홀에 들어갈 듯 말 듯
멈추고 말았습니다.

아찔한 순간의
그 공이
아직도 나의 가슴 가운데 박혀
내 속에 자고 있던
그대의 모습이
그리움으로 변하고 말았습니다.

경계(境界)

사람들은 경계(境界)를 표시하기 위해
담과 울타리를 칩니다

농지에는 작물 피해와 가정에는 도난 방지를 위해
울타리를 치고 살지만
사람과 사람 사이는 경계가 없으면 좋겠습니다

아프면 아프다고 표현하고
슬프면 슬프다고 말하고
외로우면 혼자 비를 맞으며 걷지 말고
누군가에게 손을 내밀어
함께할 수 있어 위안(慰安)이 됩니다

사랑하는 사이도 서로 간에 벽이 없어야
무지개처럼 아름다워지고
양지쪽 햇살처럼 따뜻하게 느껴집니다

친구 역시 서로 간 믿음과 신뢰를 바탕으로
폭풍 속에도 무너지지 않는
우정이란 튼튼한 탑을 쌓아가게 됩니다

사람들 사이에 장벽이 있으므로 소통(疏通)이 없어지고
오해(誤解)가 자리 잡아 상처(傷處)로 변해
돌이킬 수 없는 결과를 낳게 되기도 합니다

누구에게나 가까이 다가가 마음 문을 활짝 열어 보이세요
상대의 마음을 녹일 수 있는
따끈따끈한 난로(暖爐) 역할을 할 것입니다.

제목 : 경계(境界)
시낭송 : 최명자
스마트폰으로 QR 코드를 스캔하면
시낭송을 감상할 수 있습니다

17

그대가 바로 사랑입니다

사람 냄새 풍기며
항상 장미처럼 웃고 있는 그대가 그립습니다

세련된 신사복보다 등산복과 작업복이 어울려
누구보다 산을 좋아했던 그대
마음은 항상 연둣빛으로 물들어 있는 그대가 보고 싶습니다.

승용차로 이동하는 거보다 걷기를 좋아하고
명품 운동화보다 편한 것을 즐겨 신었던
소박한 그대를 존경합니다

고급 음식점보다 시장통 할머니가 말아주는 국밥을 즐겨 먹고
양과점 빵보다 길가에서 금방 구운 붕어빵을 좋아했던
그대의 일상에서 풍기는 고향 같은 향기를 맡고 싶습니다

말보다 실천하고 받는 것보다 베푸는 것을 미덕이라 여기며
힘들고 어려운 일에 남보다 앞장서서 해결하는
용기 있는 그대를 닮고 싶습니다

강한 자에게 언제나 당당하고
소외되고 그늘진 곳에서 헐벗고 굶주림에 지쳐 있는
때 묻은 손을 잡고 진정 눈물로 애통해하며
나눔을 실천하는 모습이 생활화되어 있는
그대의 이름은 바로 사랑입니다

비 오는 날 우산을 상대에게 내주는 배려와
차 속에 남은 마지막 자리를 약자에게 양보하는
작은 희생의 모습인 그대가 이 사회 모범이랍니다

음식점에 들리면 누구보다 먼저 계산하며
길에서 지인을 만나면 따끈따끈한 국밥이라도 대접해야
편하게 느끼는 가슴 뜨거운 그대가 자랑스럽습니다

작은 것에 감사할 줄 알고
무슨 일이 있어도 당황하지 않고 기쁨으로 맞이하며
하루하루를 즐기면서 생활하는 그대를 응원합니다

거짓보다 진실을 미움보다 용서를 다툼보다 평화를
자신을 낮추고 타인을 높여주는 그대가
바로 이 사회의 빛과 소금입니다

만나면 편하고 안 보면 보고 싶은
그대가 있어 행복합니다.

제목 : 그대가 바로 사랑입니다
시낭송 : 박영애
스마트폰으로 QR 코드를 스캔하면
시낭송을 감상할 수 있습니다

마음의 소리(心音)

내려놓아야 가벼워지는 것을 알면서
무엇인가 짊어지고 허덕이고 있는
지금의 나를 발견합니다

마음속에 있는 추한 것을 버려야만
참 나를 찾을 수 있는 것을
버리지 못하는 것은
또 다른 내 속에 탐욕(貪慾) 가득하기 때문입니다

난 오늘도
겨울을 지나면서 떨어지지 못한
상수리나무 가지에 매달린 이파리처럼
바람에 떨고 있었습니다

빈손으로 왔기에
텅 빈 마음으로 태어났기에
가진 것이 모두 없어지고
믿고 사랑했던 모든 아름다운 것들이
내 곁을 떠난다 해도
결국 남은 참 나의 모습인 것을

아픔과 쓰라림이 밀물처럼 밀려온다는 것
이 또한 욕심(欲心)에서 비롯되는 것을 압니다.

모든 것에서 벗어나고 싶은 저녁입니다.
사랑하고 미워하고 행복해하고
즐거워하는 이 모든 순간마다
쓰다남은 이면지(裏面紙)처럼
사용되는 것이 싫어지기 때문입니다.

하늘의 구름처럼 흘러가는 강물처럼
싫은 것도 좋은 것도 행복과 불행도
아무런 표정 없이 흘러가는 것을 보면
그 속으로 들어가고 싶습니다.

무(無)에서 무(無)로 손님처럼 왔다가
새벽닭이 울 때면 떠나가는
잔잔한 바람이고 싶습니다.

제목 : 마음의 소리(心 音)
시낭송 : 박영애
스마트폰으로 QR 코드를 스캔하면
시낭송을 감상할 수 있습니다

친구의 마음

금쪽같은 쇠고기를 먹었다

4명씩 앉아
열심히 굽고 먹는데
다른 친구들은 잘 먹지 않았다

왜 안 먹지?
혼자 실컷 먹고
밥도 한 그릇 뚝딱하고 나니
배가 든든한 게 아닌가

집에 와서 생각하니
철없고 눈치 없는 것이
득이 될 때도 있더라

값비싼 쇠고기라 배려하는
마음으로 안 먹은 것이었다

친구야!
생각해 줘 고맙고
눈치코치도 없는 것이
내 생각만 해서 미안하데이.

잊을 수 없는 날

햇살에 부시도록
낙엽이 꽃이 되어 피는 날
한잎 두잎 품은 하늘은
젖어있는 입술이 푸른 미소가 되어
뭉게구름 짙어지고 한없이 높아져 간다

한 길가 코스모스 수줍어하는 숫처녀처럼
불그스름한 얼굴로 꼬리 흔들어 대며
살랑거리는 소리에 애간장 녹아내리는데
술래잡기 놀이에 정신 놓은 고추잠자리들은
세월 가는 줄 모른다

가로수 벤치에 앉은 노신사는
떨어지는 낙엽 소리에 눈시울 적시며
무겁게 걸어온 발자국을
추억의 자리에 묻어둔 그리움이
곱게도 영글어간다.

제목 : 잊을 수 없는 날
시낭송 : 박영애
스마트폰으로 QR 코드를 스캔하면
시낭송을 감상할 수 있습니다

담장에서 나는 소리

누런 엉덩이 내놓고 있는
앉아있는 호박이 탐스러워
쓰다듬어 주었더니

옆에 있는 애호박이
"이 년 엉덩이도 좀 만져주지,
아이고!
피 끓는 이 마음을 누가
알아준단 말인가"

늙은 호박이
"에이! 요즘 젊은것들 앞에선
방귀조차 소리 나게 못 낀다니까".

변하지 않는 것

세상에 모든 것은
진화(進化)해 오면서
각양각색(各樣各色)으로 변해가고 있습니다

젊음도 세월 비껴갈 수 없고,
연둣빛 잎도 낙엽이 되고,
꽃같이 핀 사랑도 시간이 지나면 시들어 가는 거 같아

우주에 있는 모든 것은
세월이 흘러가면
낡고, 허물어지고, 희미해지고, 썩어가고 있어
영원히 유지되는 것은 없는 것입니다

하지만
사람의 이름과,
내뱉은 말과,
살아오면서 행한 행동은
오래도록 변하지 않아

그래서
"사람은 죽어서 이름을 남긴다"라고 전해지고 있는가 봅니다.

바닷가에서

부시도록 반짝이는 바닷가
모래밭 걸으며 무지개 같은 너의 모습
마음에서 꺼내 보았지

부드럽게 넘실대는 파도에
실려 나온 조각난 조개껍질
고사리 같은 손에 집어주면
너의 얼굴은 분홍빛으로 영글어 가고 말았어

그 시절의 바람이 불어오고
갈매기 날고
아스라이 떠가는 돛단배도
변함없이 반겨주지만

아무것도 보이지 않는 모래밭에서
우리가 스쳐 간 잃어버린
그림자를 줍고 있는 거야

줍고 또 주워 담아 보았지만
채워지지 않는 것이 내 마음인 것을 보면
지금, 너 역시 그 시절 생각하며
오래도록 묻어둔 추억을
가슴에서 꺼내 보고 있는 것 같아.

제목 : 바닷가에서
시낭송 : 박영애
스마트폰으로 QR 코드를 스캔하면
시낭송을 감상할 수 있습니다

26

내게 온 사연

땀과 눈물로 얼룩진 여름이
무거운 침묵의 걸음으로
눈시울 붉히며 떠나가는 것은
수없이 남겨진 잎들의
채색되기 위한 몸짓입니다

결실을 위해 영글어 가는 것들이
뼈저리게 느껴지는 것은
잃어버렸던 지난날의 세월로
찾아가야 하는 까닭이었습니다

헤어지면 언젠가는 만나야 하는 것이 순리인 것을
오늘도 무슨 사연이 그렇게도 많기에
낙엽 한 잎 두 잎
석별의 고통 적어두고 떨어지고 있을까

매년 가을이 찾아올 때마다
이 모든 것이
알룩달룩한 행복과
만지면 터질 듯한 사랑 가지고
나에게로 오기 위한 몸부림이었습니다.

제목 : 내게 온 사연
시낭송 : 박영애
스마트폰으로 QR 코드를 스캔하면
시낭송을 감상할 수 있습니다

27

갚을 수 없는 사랑

대문에 들어서면 엄마!

무엇이든지 할 수 있고
어떤 것이든 들어주던
큰 바위 짊어진 산처럼 묵묵히 기다려 주던 나의 어머니!

오곡밥이 섞여 있는
보름달에서 내려오는
백일홍 미소 바라보며
목 놓아 불러보아도
돌아오는 것은
보고 싶음과 그리움이었습니다

장마가 끝난 후
산소에 풀을 베어 드려도
야야! 시원하구나
말 한마디 없고,
술잔을 올리고 절을 해도
너! 왔구나,
반가워하는 모습조차 볼 수가 없습니다.

떠나고 나면 돌려드릴 수 없는 것이
당신에게 받은 끝없는 사랑인 것을

이승에서 저승으로 가는 공간이
얼마나 넓고 크기에 이렇게 가슴이 메어 진단 말인가?

당신 걸어간 그 자드락길을 따라왔지만
가을 하늘처럼 푸른 그 사랑 생각할 때
가슴이 무너져 내립니다.

* 자드락길 : 나지막한 산기슭의 비탈진 땅에 난 좁은 길.

가을 타는 날

얼굴이 화끈화끈 달아오르고
가슴에 손을 대면
심장이 두근두근
양팔, 다리가 축 늘어져
힘이 빠지고
입맛도 떨어지고
꽃처럼 삼삼한 것들이
눈에 왔다 갔다
밤잠을 이룰 수 없다.

이 나이에도 사춘기가 있는가
아님 갱년기는 지나간 것 같기도 한데
갱년기가 다시 찾아왔나.

처서를 지나니까
누군가 내 마음을 이렇게
흔들고 있는구나.

자세히 보니
요놈이 가을바람이...
아이고, 미치고 환장하겠네.

여보세요!
거기 누구 없소!

그대 심는 날

밭에 배추를 심고
무 씨를 뿌렸습니다

한동안 배추를 심다 보니
그녀의 아름다운 미소가 어렴풋이 보였어요
그래서 달려가
그녀의 마음 가운데 정성껏 심고 뿌리기로 했습니다

그 마음속에는
무엇을 심어도 무럭무럭 자랄 수 있는
옥토로 되어 있을 것 같습니다

이것이 자라 먹을 때마다
그녀 생각할 수 있는 달빛 배어 있는 반찬으로
숙성되어갈 것입니다.

제목 : 그대 심는 날
시낭송 : 박영애
스마트폰으로 QR 코드를 스캔하면
시낭송을 감상할 수 있습니다

꽃길을 걸으며

그녀와 꽃길 걸었습니다

손잡고 걸어가다가 보니
그녀에게 풍기는 꽃향기가
너무 진하고 아름다워
그 향기에 취한 나는
나도 모르게
더욱 가까이
다가가고 말았습니다
그리고
우리 둘은
한 몸이 되고 말았습니다

어느새
그녀는 내 품속에서 떨리는 목소리로
"더욱 세게 안아 주세요!"

꿈결에 들려오는
저녁 먹으라는 소리에
거실로 나오니
"웬 낮잠을 그렇게 자요, 저녁에 잠이 오지 않는다면서"

아!
밤이어야 했는데...

마음속에 핀 꽃

만날 때마다
반달같이 웃으며 반겨주던 아름다운 꽃이
어느 날 떨어지고 없었습니다
그래서 꽃을 오래도록 간직할 수 있는
방법은 없는지 생각했습니다

마음속에 기름진 밭을 일구어 기쁨이란 꽃을 심고
사랑이란 꽃도 심기로 했습니다
어렵고 힘든 날이 와도
인내할 수 있는 꽃을 심어 가꾸다 보니
어느새 여러 모양의 꽃들이
내 마음속에 곱게도 피어났습니다

어느 날 먹구름이 덮어오더니
폭풍이 불어 아름다운 꽃들이 떨어진 후
척박하고 메마른 땅으로 바뀌고 말았습니다

오래도록 피어 있는 꽃은 없다고 해도
다시 마음속에 꽃나무가 자라
향기로운 꽃이 필 수 있도록
있는 힘을 다하여 거름도 주고 물도 줘
기름진 땅을 만들기로 했습니다.

제목 : 마음속에 핀 꽃
시낭송 : 박영애
스마트폰으로 QR 코드를 스캔하면
시낭송을 감상할 수 있습니다

들깻잎 따는 날

들깻잎에서
꾸미지 않고 자랑하지 않는
모시 적삼에 몸빼 차림
맡아도 맡아도 싫증 나지 않는
어머니 냄새가 풍긴다

향기 끝없이 맡았더니
먹으면 먹을수록
구수한 누룽지 맛이 나는
어머니 목소리가 들려왔다

귀를 대고 들어 보니
당신이 남기고 간 분홍빛 편지가 있었다

하늘 보고 땅을 보아라!

위로 보니
하늘 속에 구름이 흘러가며 웃고 있고
밑에는 걸어간 발자국이 보여 따라가 보았다

언덕 위에 핀 개망초 한 송이
산들바람에 나부끼며
온종일 기다렸다는 듯
웃음 가득한 손짓으로 반겨주었다

홀로 외롭게 있어도
갓 세수하고 참빗으로
곱게 빗질한 미소의 모습이
그 시절
우리 어머니 얼굴이었다.

사랑이란

사랑 사이에는 거리가 없습니다
가까우면 가까워질수록 커지기도 하고 멀어지면 멀어질수록 커지는 것이 사랑이기 때문입니다.

사랑에는 옳고 그름이 없습니다
사랑하는 것이 살아가면서 바르고 옳은 방향으로 가는 나침판이며 행복으로 가는 길이기 때문입니다.

사랑은 계절을 타지 않습니다
사랑이란 꽃은 사계절 내내 피고 영원히 지지 않는 향기롭고 아름다운 꽃이기 때문입니다

사랑할 수 있는 장소가 따로 없습니다.
사랑이 존재하는 공간은 사람들 각자의 가슴속에 자리 하고 있어 마음과 행동에 따라 솟아나는 향기이기 때문입니다.

사랑은 공짜가 없습니다
베풀면 베풀수록 더 많이 돌아오고
받으면 받을수록 더 주고 싶은 것이 사랑이기 때문입니다

사랑은 보면 볼수록 아름답습니다
사랑하는 사람의 눈에 빛이 나고, 미소 같은 꽃이 피고, 행동 속에 사람 향기가 나기 때문입니다.

사랑은 가격이 없습니다.
사랑은 돈으로는 측정할 수 없는 바다처럼 넓고 하늘처럼 높은 형상으로, 그 가치로는 도저히 감당할 수 없기 때문입니다

사랑은 모양이 없습니다
사랑의 모양은 둥글기도 하고
세모로, 세모로, 혹은 마름모로
각양각색으로 가슴속에 새겨져 있기 때문에 쉽게 지울 수도 지워지지도 않는 소중한 것이기에 더욱 아름답습니다.

사랑은 방향이 없습니다
사랑은 어느 곳에서도 받고, 줄 수 있기 때문에 우리 마음은 항상 줄 수 있고 받을 수 있는 준비가 되어 있기 때문입니다.

사랑하는 마음속에는
별처럼 반짝이고 해처럼 밝게 빛나는 것이 사랑입니다
개인에게는 더 밝고 넓은 길을 열어주고 사회에는 평화와 안전을 약속해 줍니다.

무언의 약속

먼동이 틀 무렵
새벽 같은 얼굴 내밀며
들려오는 빗소리가 반가워 창문을 열어 보았더니
불어오는 바람과 함께
그대가 품속으로 들어왔습니다

그 옛날 묻어둔 솜사탕 같은 숨소리
손잡고 걸으며 남겨둔 발자국
터질 것 같은 장미처럼 붉은 뺨
백일홍 핀 그대 미소
감당할 수 없는 가슴 울리며 찾아와
빨라져 가는 심장 박동 주체할 수가 없어

창문을 닫고
마시는 커피 향마저 그대의 선율 되어 흐르고 있어
약속 없이 흘러내리는 녹물처럼
그대의 숨소리 숨 가쁘게 들려
다시 창문을 열고
그대와 함께 쓰 내려간 노트에 기록된 모든 것을
마음속에 간직하기로 했습니다

그러나
뿔뿔이 흩어져버린 사연들이 너무 많아
차츰 작아져 가는 것들은
별이 반짝이는 보름달 보면서
오래 두어도 변하지 않는 보자기에 싸서
마음 한편 보관하기로 약속했습니다.

제목 : 무언의 약속
시낭송 : 박영애
스마트폰으로 QR 코드를 스캔하면
시낭송을 감상할 수 있습니다

그대의 미소

깊은 적막 흐르는
검게 물든 한 밤
그대가 준 꽃다발
그 향기에 취해 더듬어 보니
세모, 네모, 동그란 모양으로
흘러내렸습니다

주섬주섬
가슴에 담았더니
그리움 담은 별이 되어
반짝거리며 밀려와

이것을
갈매기 노래
파도 부딪치는 바닷가 모래밭
시냇물 흐르는 계곡의
새소리 나는 숲속
출렁이는 갈대밭 사이를
붙이다 보니
그대의 얼굴이 되고 말았습니다.

제목 : 그대의 미소
시낭송 : 박영애
스마트폰으로 QR 코드를 스캔하면
시낭송을 감상할 수 있습니다

커피 한 잔

달달하고
향기 나는
커피는
마셔도 마셔도 더 먹고 싶은 이유는

네가 내게 준 마음을
닮았기 때문이야

너의 모습이 배어 있는 곳
그 향기가 짙게 나고 있지만
안개처럼 잡히지 않아

오늘도
한 잔의 커피 마시며
허공을 바라보니

어젯밤 꿈속에서 만난
너의 달콤한 입술이잖아.

아들아!

세상에 나와 기쁨이었고
곤지곤지 도리도리 따라 하면
내 속에 꽃이 피었고 별이 되어서 반짝였단다

퇴근길 나비같이 품에 안기면
지치고 힘든 하루가
어느새 풍선처럼 하늘로 날아가고
웃음꽃이 온 집안을 가득 메꾸며
사랑 향기가 물결처럼 출렁거렸지

운동회 날
카메라 목에 걸고
놓치기 아까웠던 순간을 남기기 위해
마지막 코스에
입장 순위가 떨어져
마지막 테이프 끊을 때
숨 막히도록 가슴이 떨리고 조여왔었지

어느 날 억울한 일 있어
눈물 흘리며 찾아온 너에게
괜찮다고 머리를 쓰다듬어 주면
어느새 아빠 돈 천 원만!
하면서 귀염을 부렸을 때
행복이 사랑하면서 솟아나는 샘물인 것을 알았었지

시냇가에서 아이들과 물놀이할 때
물놀이장에서 날 보면
이 아빠가 천하를 움직이는 사람인 것처럼 힘이 솟아나
친구들 사이에서 놀이 대장으로 변하는 너희들을 보면서
아버지란 자리가 자랑스러웠단다

정월 대보름
쥐불놀이 기구를 만들어 주면
손뼉 치면서 우리 아빠 최고! 라고 귀뜸해 주면
그것이 살아가는 기쁨이었지

부유하지 못했지만 마음은 풍요로웠던
순간순간 힘든 일들이 파도처럼 밀려와도
너희들이 있어 헤쳐 나갈 수 있었어

아들아!
너희들이 있어 살맛이 났고
잘 커 줘 기쁘고 잘 살아줘 고맙단다.

오월의 편지

푸른 오월!
그대에게 드립니다

이 아침! 푸른 빗장을 열고
아스라이 먼 초원에서 걸어오는 오월을
반갑게 맞이했습니다

솜사탕 같은 입술
풀잎처럼 떨리는 목소리
터질 것 같은 뺨에
나의 입술을 포개고 말았습니다

검정 교복에 흰 칼라가 어울렸던
고운 피부가 이슬처럼 반짝이던 그대가
연둣빛 발자국 소리 내며 다가와
난
난 떨림으로 맞이했습니다

오월의 아침에 그대가 있어
하늘도, 땅도, 산도, 강물도
모두가 초록물로 채색되어
더욱 높고 푸른 사랑을 하게 됩니다
그래서
이 오월의 아침은
행복이 강물처럼 넘치는가 봅니다.

제목 : 오월의 편지
시낭송 : 박영애
스마트폰으로 QR 코드를 스캔하
시낭송을 감상할 수 있습니다

봄날의 광대

벗꽃은
화창한 봄날
우리에게 광대가 되어 주는 것이다

상처받은 이를 보듬어 주고
연인들에게 애틋한 사랑 노래로
어린이들에게 희망의 그림을 그려 준다
중년에게는 그리움
저편에 서서 첫사랑을 느끼게 하고
유모차 밀고 가는 신혼부부에게 수많은 꿈을 꾸게 한다

벗꽃 노래는 이별이란 아픔이 담겨 있다.
화려하지만 잠시 왔다가 떠나야 하기에
우리에게 먼 유학길 보내는
부모의 아쉽고 따뜻한 마음이다

벗꽃은
봄바람에 나부끼며
나비가 되어 날다가
함박눈으로 애간장 녹이며 떨어진다

벗꽃은
우리에게 잠시 머물다 가는 것이기에
멋지고 아낌없이 나누면서
떠나가는 것이라고 말한다.

제목 : 봄날의 광대
시낭송 : 박영애
스마트폰으로 QR 코드를 스캔하면
시낭송을 감상할 수 있습니다

45

꽃의 노래

꽃몽우리가
꿈을 꾸어라, 성숙한 길을 가려면
다듬고 준비하여야 한다고 속삭여 준다

험한 길을 참고 견디며 왔기에 인생이란 길을 아름답게
출발할 수 있는 것이라고
피면서 큰 소리로 외친다

활짝 피었을 때 나를 향해 노래한다.
베풀어야 돌아오고, 낮아지므로 존경받으며,
겸손해야 높아지고 사람이 모여든단다

인생은 잠시 왔다가 가는 정거장인데
무엇이 그렇게 많은 짐을 지고 다니냐고 꾸짖는다.
삶과 죽음의 사이는 흐르는 물과 같은 것
맑고 부드럽게 흘러가는 길이라고 알려주며 떨어진다.

지금도
나는 금방이라도 흔적 없이
사라진 소용돌이처럼
그곳에 서성이고 있음이다.

점 하나

내가 좋아하던
너를
생각하면 할수록
이렇게
가슴이 뛰는 것은

하늘에 떠 있는
구름 위에 앉아
아래로 본 너와 나는
서로가 붙어 있는
너무나 작은
하나의 점이었기 때문이었어.

벚꽃길

벚꽃 핀 거리를 걸으면
잔잔한 물결 소리가 들린다
그 속에는
노랫소리가 나고
춤을 추고
나비가 되어 날다가
나의 가슴에 앉아 버리면
어느새
꽃이 되어
분홍으로 활짝 피어난다

누구나 사랑하고
웃음으로 나누어 주고
어느 날 갑자기 떠나간다

난
벚꽃길을 걸으면
언제나
향기 나고 매혹적인
벚꽃이 된다.

공간

이 한밤
바람 따라 들려오는
함께 걸었던 그 숲속 향기
그대의 숨소리
별같이 빛나는 눈동자
함께 마셨던 커피 향
빠짐없이 주워 담았지

근데
담아도 담아도
채워지지 않는 공간이 있었어

아마
그대가 준
마음 한 자락이
빠졌기 때문일 거야

그래서
그대를 위해
그 공간 비워두기로 했어.

보고 싶은 어머니

밤,
어머니 그림자가 파도처럼
밀려왔습니다

물결 같은 손길과 따뜻한 품속,
풀잎 목소리, 꽃 같은 미소

달같이 밝은 모습이
강물로 넘쳐흘러
주체할 수 없어
창문을 열고 하늘을 보았지요

근데
바람과 함께 밀려오는
엄마 향기가 풍선처럼 커져
가슴이 무너져 내릴 것 같아
그냥
잠들기로 했습니다

오늘은

그때 그곳

아늑한 공간에서

만날 수 있을 것 같았습니다

엄마!

보고 싶었다고

기쁨으로 부둥켜안고

품속으로 들어가고 싶습니다.

독백(獨白)

길 가다가 거울 있어 들여다보니
웬 영감 하나가 있어
누구냐?
나보고 누구냐고?
어디서 많이 보던 얼굴인데
웃으니까 따라 웃고
인상 쓰니까 얼굴 한번 험상궂게 변하네

이 영감!
아직도 세상 짐 짊어지고 허덕이고 있나?
자식들은 젊으니까 잘 살아가고 있으니
걱정일랑 하지 마소
걱정한다고 변해지는 거 없어요
지들은 남은 생이 많으니까
즐겁고 행복할 수 있는 시간이 많이 남았다오
영감!
무거운 짐 지고 걸어온다고 고생했는데
이제 제물과 명예에 미련 두지 마소
시간 나면 여행이나 다니고 그저 부인과
동행하며 즐거운 시간 보내소
살아오면서 잘못한 일 생각나면
빨리 찾아가 용서 구하고 화해하소
그래야 남은 발걸음이 가벼울 거요.

가난하고 약한 사람 보거든 그냥 지나치지 마소

언제 힘없어 거동조차 하기 힘든 시간이 다가올지 모르잖소.

먹고 싶으면 미루지 말고 사 먹고

입고 싶으면 아끼지 말고 사 입으세요.

외출할 때 제일 좋은 옷, 좋은 신발 신고 나가요

그래야 중년 신사 소리라도 듣지 않겠소

보고 싶은 사람 찾아가서 만나고

더러운 꼴 보거든 그런 양,

듣기 싫은 소리 들으면 속으로 너 잘났다

생각하면서 두리뭉술 넘어가소

가진 것 있으면 누구에게나 베풀면서 살아요

그래야 마음이 한결 가벼워진다오

그리고

무엇보다 몸조심하고

만사 조심해서 움직이고

아침에 눈 뜨면

하루하루가 주어짐에 감사하며 사소.

아!!

영감님!

다음에 뵙겠습니다.

낙엽

수많은 추억 남겨두고
찬 바람 못 이겨 떨어지고 있다

얼마나 아플까
얼마나 고통스러울까
반갑다고 찾아오는 새들 노랫소리도
한여름 더위 나누며 친구가 되어 주던
매미의 힘찬 아우성도
행인들 이마에 흘리는 땀방울마저
닦아 줄 수가 없어졌다.

얼마나 서럽기에
비 내리는 늦가을 눈물 흘리며
쓸쓸히 떨어지고 있을까?

새로운 삶이 시작된다
섞어지므로 수많은 생명들에게
자양분을 공급하다가
끝내 흙으로 돌아가는 것을 가르쳐 주면서
지난 세월
편견 없이 나누고 베풀며
찾아오는 이 배척하지 않고
후회 없이 살았다고 이야기하면서
떨어지고 있다.

하늘과 땅을 바라보며
숙연(肅然)해지는 마음
고개를 떨군다.

제목 : 낙엽
시낭송 : 박영애
스마트폰으로 QR 코드를 스캔하면
시낭송을 감상할 수 있습니다

세월

50대 50km
야!
빠르긴 빠르네
60대 60km
이것은 고장도 안 생기는지
육신은 덜거덕거리고
가면 갈수록
길은 험하고 좁기만 한데
빨리 가자고 채찍질이니

달려오면서
잔잔한 흐르는 호수 같은 가정 이루며
우여곡절로 험한 고개 넘고
울고 웃으며

그래도
오늘 하루라도
땀 닦을 수건과 부채 하나 준비해서
시원한 찬물 한 사발 마실 수 있는
그늘진 당수 나무 아래
정지!
표지판이라도 있으면 좋으련만.

상처(傷處)

상처란
아프기만 한 것이라고

그러나
그대가 남긴 상처는
노을이 익어가듯 별처럼 빛나
지울 용기가 없었어

아늑한 품속이
그리움 칡넝쿨 되어
풀잎 이슬처럼 번져 갔었지

그래서
먼 훗날,
만나면 함께 펼쳐 보면서
구름 따라 이야기할 거야.

매미 하소연

메에–메
며칠 흐르도록
고래고래
소리 지르고 있어

온종일
울고 나면 배도 고프지 않니?

그대와
손잡고 거닐려고 했는데
나오지 않아
열받아 미치겠는데
날씨마저 뜨거워
메에–메

누가 이 마음 알아줄까.

꽃이 말했어

오고 가는 사람
반갑게 인사하고

매혹적인 향기로
빈부귀천 없이
아낌없이 베풀고 나누어 주며

누구든지 찾아오게 만들어 보라고

젊음도
아름다움도
영원히 가져갈 수 없어

세월 따라
미련 없이 떠나는 것이라고.

별

밤하늘의 별들이
왜 저렇게도 반짝일까

그날,
너의
눈동자를 보면
별처럼 반짝였어

이렇게 설렘으로
두근거리는 거 보니

너도 지금 저 별을 보고
있는 거 같아.

마음의 무게

마트에서
식료품을 구입하는 날

오늘따라
쇼핑카트가 왜 이렇게 무겁지?

담은 것은
라면, 고기, 치즈

자세히 보니
아내의 정성과
사랑하는 마음까지
담았기 때문이었어.

아들놈

이놈이
세상에 나와
내 품에 안길 때
죽으라고 울더니

장가갈 때
무엇이 그렇게 좋은지
입이 바지게처럼
벌어지더군

그래도
보내고 나니
속은 시원하더라

허허
자식
잘 살아야 할 건데.

마음

거울을 보니
장미꽃이 활짝 피어 있었지

너무 아름다워
그 속에 들어가
보니
나의 마음이잖아

그래서 그런지
오늘은
행복이 넘치는 것 같아.

힘

왜국 땅에서
기마민족의 슬기와 기계(奇計)로
연일 날아오는
명중(命中)의 기상이여!
과연 신궁(神弓)이었다

그대들이
보내준 승리의 깃발은
그 옛날
이 땅에서 솟아나는
거대한 함성이
조총을 능가하며
남쪽
바다를 갈라놓았지

장한 우리들의
피 끓는 젊은 아우성은
그날
노도(怒濤)처럼 일어난
승리의 함성으로
나는 들었다

움츠렸던 토끼가
백두산 호랑이로 으르렁거리며
일어나고 있다
섬나라 왜국의 심장에서
태극기 휘날리며 날아간
애국의 화살이
오천만 민족 가슴을 울렸다

누가 뭐라 해도
그대들이 손 한발 한발의
화살은 온 민족이 바라던
진정 이 땅의 촛불이며
희망이며 미래인 것을

먼 훗날
우리의 자손들이
전설로 써 내려간
빛의 신궁으로 일으킨
태극 물결을
만대(萬代)에 이야기하리라.

칠월의 편지

우거진 자작나무 그늘 아래
새들 노랫소리 들으며
지쳐 있는 몸과 마음 내려놓습니다

소슬하게 찾아온
그리움의 조각들
푸른 창공
무수한 전하(電荷)들 속에
피뢰기(避雷器)가 되어 버린
터질 것 같은 가슴 울리며
찾아온 그대에게
나의 이 작은 아픔이
위로가 되었으면 좋겠습니다

어느 날
무심코 꺾어 버린
곱게 핀 장미 한 송이
이제서야
소중한 줄 알았습니다

돌이킬 수 없는 시간 속에서
오늘도 그대를 위해
이파리처럼 떨리는 모습으로
아무것도 할 수 없음입니다.

봄비 오는 날

이팝꽃 나무가
우산도 없이
봄비 맞으며 서 있다

찾아오는 이 없는
한산한 길가
불어오는 비바람에
이리저리 흔들리는
고통 속에서도

무수히 지나다녔던
이 길에서 눈길 한번
주지 못한 나에게
속살 드러내고
활짝 웃으며
반갑다고 인사한다

난,
부끄러워진다

쥐구멍이 보이지 않는 것은
왜일까?

돌아갈 수 없는 길

아침에 창문을 열었다

강가에도
도로에도
흰 눈이 덮여 있다

소식 없이 찾아온
그대가
방문을 열고 들어오는
그
설렘이다

...

동화 속의 주인공이 되어
흰 눈 덮인 오솔길을
그대와 걸었다
눈바람이 불어
오랫동안 걸으며
엄습해 오는 한기가
온몸 사시나무가 되었다

점퍼로 가냘픈 어깨를 감싸주며
숨 막히도록 꼭 껴안았다

그대의 몸을
온전히 정복해 버렸다
쏟아지는 눈
축복받으며
한동안 눈사람이 되어 버렸다.

..
눈이
소복하게 쌓였다가
정오 햇살에
사르르 녹아내린다

그날
처음 입맞춤할 때
파르르 떨리던
풀잎 입술
솜사탕 같은 흰 눈이
녹아내리고 있었다.

"눈 오는 날"

꽃은 말한다

누구에게나
웃어주고
향기 풍기며
베풀고 나누며

누구든지 찾아오게 만들어 보라고

젊음도
아름다움도
영원히 가질 수 없음을

그래서
미련 없이 떠나는 것이라고.

어머니

어떤 것에도
움직이지 않는 큰 산이었습니다

비 오는 날이면 우산으로
폭풍이 불어오면 바위가 되어 피난처가 되고
추우면 따끈따끈한 아랫목으로
여름에는 더위를 식혀주는 샘물같이 맑은 나의
어머니!

함께하면 행복하고
모닥불처럼 피어나는 한없는 사랑이 나침판으로
삶의 지표가 되어 주셨습니다

그런데
그 많은 것을 빚진 난
할 수 있는 것이라곤
아무것도 없어
그냥
목이 메이도록 눈시울만 적십니다

이별하는 날
염려와 걱정에 무거운 발걸음 옮기며 가시는 그 모습
생각하면 할수록 가슴 저려 옵니다

강물 따라 흘려보낸 세월
돌이킬 수 없음입니다.

선물

숲속을 걸으며

도토리나무 사이로 내려온
바람과 소나무의 짙은 향기
다정하게 속삭이는 새들의 이야기
숲속에서 반짝이는 초록 속에 이슬방울들
아카시아 꽃다발 속에 곱게 포장하였습니다

행여
오늘 밤
꿈속에라도 만날 어머님
뵙고 드리렵니다.

안부

어무이요!
밤에 별이 되어 반짝이고
낮에는 햇살로
가는 길을 밝히시는
어무이요!

잘 살고 있심더
걱정하지 마이소.

하늘에 핀 꽃

오늘따라
하늘이 한없이 높고 푸르다

별이 숨어 있는
더 높은 곳에서는
그리움도 가져올 수 있을까?

아마
더 오르고 오르다 보면
결국 이 자리로 돌아올 거야

그래서
하늘을 보면 마음이 파랗게
멍이 드는가 보다.

강가에서

강바람이 불어온다

그대의 냄새가 배어 있다
그대의 숨소리가
내 뺨을 스치고
가슴으로 파고든다
펄럭이는 검은 머리에 덜 익은
풋과일 냄새가 난다
윤기 나는 그대의 수줍은 미소는
내 어깨에 의지하고
숨 가쁘게 뛰는 심장 울림이
강물이 되어 흐른다

가냘픈 어깨에 팔로 감싸 안았다
숨소리가 빨라지고 붉게 물들어 가는
그대의 숲속은
율동이고 떨림이며 평화 속의 아픔이었다

주홍빛 하늘이 열리고
기러기 떼가 서쪽 하늘을 가르며
차츰 멀어져
우는 갈대 바람이
서럽게 지나간다.

하늘의 눈(Eye)

하늘은
헌 옷을 얻어 입은
헐렁한 지붕과
북적이는 거리마다
함박눈으로 덮어 주고

햇살 부딪치며 반짝이는 눈꽃이
생활의 고통에 허덕이는
사람들을 향해
위로와 격려의 노래를 선물하고 있다

하늘은
잿빛 도시 속
골목마다 쌓아 놓은 탐욕과 고통
씻어내기 위해
흰 눈이 눈물로 흐른다

누구나
맑은 하늘을 보면
병들고 찌던 마음을
푸른 창공 속으로
끝없이 빨아올린다

하늘은,
그 하늘은,
지금도 세상을 주시하며
바르게 살아라고
타이르고 있다

오늘도
회색 하늘을 보며
나를 천천히 내려놓는다.

나비 나는 날

나비가
배춧잎에 알을 낳는다

며칠 지나
아름다운 에덴동산
욕심, 경쟁 없는 평화를
한없이 먹고 마시며

하늘 덮은 먹구름 속에서
천둥, 번개 소리 나더니
천장이 열리고 빛과 물이 흐르는
푸른 문 열리는 날
생명의 젖줄인 줄 알았다

북풍 몰고 온 한파가 내려올 무렵
아늑하고 포근한 공간에서
돌이킬 수 없는 아픈 마음과
떠오르는 추억 되새기며
긴 꿈속을 걸어간다

새싹 눈 뜨고
진달래 웃음소리
높고 푸른 하늘 향해
희망을 부른다

비로소
향기 나는
세상 속으로 뛰고 또 날아다니며
향락을 즐기다
따스한 햇살 받으며
배춧잎에 살포시 앉아 본다.

너를 보면

너를 보면
벚꽃이 눈이 되어 바람에
흐드러지게 날리고
치자 향기가
강이 되어 흐른단다

너를 보면
가슴에 촉촉이
스며드는 빗물이 냇가로 흘러
어느새
바람 따라 날고 있단다

너를 보면
새가 되어 푸른 창공을
한없이 오르고
기쁨 넘치는 구름 아래
세상의 행복인 것을

너를 보면
별들이 반짝이는
감나무 달그림자 아래
부엉이 소리에 젖어오는
그리움이 맺힌다

꿈속에
너와 손잡고 여치 소리 나는
숲을 걸어가며
초록 잎새로 흰 꽃반지 만들어
고사리 같은 손가락에 끼워 주고 싶구나.

새해 소원

시간이 멈춘 공간
일전 눈이 온 듯 잔설이 남아
시리도록 빛나는 그리움
찬바람 타고 내려오는
정월 초하루!

"할배요! 제가 왔심더"
"어흠"
우렁찬
울 할배 기침 소리가 난다
삼배 적삼에서
풍년초 냄새 배어 있는 왕 눈깔사탕
주시면서
"오냐!
우리 씨돌이 왔구나,
코로나 때문에 찾아주는 걸음이 없어
허전하였단다"

할배요!
그놈들이
저승까지 왔나 보지죠?
"할매 할배요, 어무이 아부지요!
남은 코로나도 제발 좀 잡아가이소."
"오냐!
조금만 기다려라
이곳에 그놈들 잡아둘
감옥소 짓는 중이다"

울 할배는
내가 말하면
무엇이든지 거절하는 법이 없었거든

한 해를 시작하며
하산하는 발걸음이 가볍다.

이렇게 쉬운 게 인생사인 것을

대접받고 싶으면
상대에게 베풀면 되고
자신을 높이고 싶으면
내가 겸손해지고 더욱 낮아지면 된다

부자가 되고 싶으면
마음이 풍요로워야 하고
내가 존경받고 싶으면
남을 나보다 높이면 된다

사랑받고 싶으면
그 사람을 한없이 사랑하고
좋은 친구를 만나려면
내가 좋은 친구가 되어야 한다

외로울 때
제일 먼저 생각나는 이에게 찾아가 대접하라
그러면
함께 하는 벗을 얻을 수 있다

조건 없이 주다 보면
돌아오는 것 또한 이유가 없고
배고픈 사람에게 허기를 채워 주면
어려울 때 그대를 도와줄 것이다

세상을 바꾸고 싶으면
나부터 실천하고 질서를
지키면 된다

잘못된 사건이 일어나면
생각 없이 "내 탓이오!"라고
말할 수 있는 용기를 가져라
그러면 그대의 인격이 높여지리라.

구주 오셨네

온 우주에
거룩한 영광의 빛
땅에는 평화의 노래
별들이 보석처럼 반짝이고
세찬 바람 부는 달그림자 아래
흰 눈 펑펑 쏟아지는 날

귀하고 높은
하늘 보좌 버리시고
이 땅 모든 죄인을 위해
천하디천한 몸으로 오셨네!

반겨줄 사람 없고
기뻐해 주는 이 없는
베들레헴 마굿간 구유에
낮고 겸손하게 오셨네!

세상 사람들을 위해 오셨으나
알아보지 못한 무지한 백성들,
깨닫지 못한 우매한 사람이
바로 나였다네!

모르며 행하지 않았던 것은
다행이었지만
알면서 행동하지 않았던
바로 나였다네!

나를 위해 오셨으니
경배하고 찬양하세
나를 위해 오셨으니
감사하고 기뻐하세

구주 오셨네
기쁘고 기쁘다
나를 위해 오셨네!

이 기쁜 날
이 좋은 날
온 세상에 노래하세!

동지 팥죽

동짓날 아침
동치미와
팥죽을 먹었습니다

어린 시절 손꼽아 기다리며 먹었던
그 맛과 다른 것은
어머니의 손길과
할아버지의 포근한 무릎이
없었기 때문입니다

그래서
그때 그 시절을 하나, 둘
팥죽 속에 모두 넣어

곱게 포장하여
숙성하였을 때
먹기로 했습니다.

산책(散策)

도토리 주운 다람쥐
우거진 숲으로 숨어
행여 들킬까 한숨 소리
곱게 물든 낙엽이 한가한 갈바람에 떨어지고
갈대 흔들리는 이별 노래
새들의 맑고 깨끗한 향기
미소 지으며 인사하는 쑥부쟁이
큰 소나무 가지 사이로 내려온
갈색 햇살 받으며

나는 걸어가고 있다

그대의 빈자리를
맑은 공기로 채우며.

어머니 얼굴

비가 내려 냇물이 되고
시냇물이 강물로
강물이 모여
바다가 되었습니다

그
깊고 넓은 바다는
바로
어머니의 마음이었습니다

그래서
바닷가에 서면
언제나
눈시울이 뜨거워집니다.

행복한 날

새벽 공기 마시려고
창문을 열었습니다

그렇게 기다렸던
그대가
내 품속으로 들어와

반갑게 안았더니

숨이 막히고
가슴이 뜨겁도록
더욱 세게 안아달라 하는군요.

가을엔

이 가을에는

기대했던 여행
먹고 싶은 음식
보고 싶은 사람
흑백 영화 보며 흘렸던 눈물마저 없어도

보름달 같은 하얀
낙엽의 노랫소리
엄마 품속 같은 하늘에
울려 퍼지는 교향곡
수줍어하며 흐르는 잔잔한 호숫가에서
연둣빛 노을 보며
영글어 가는 가슴 풀어헤치고

분홍빛 보자기로
전설처럼 애간장 녹이는
소슬한 무지개 향기
그대에게 보내야겠다.

호숫가를 걸으며

호숫가로 걸었습니다

바람 따라 찾아온 그대
출렁이는 물결로
내 마음 사정없이 흔들어 댑니다

그래서
세월 따라 흘러간 그리움이
가을 문을 열며
날 선 칼날이 심장을 두드립니다

바람아!
더욱 세차게 불어다오

강물이 넘쳐
그대의 아늑한 품속으로
한없이 떨어질 때까지.

실수(失手)

텃밭에 삽으로
이랑을 일구었지요

겨울잠 준비하던
개구리가
한쪽 다리 절뚝거리며
눈물 흘리는군요

삽질에 한쪽 다리를 다쳤나 봐요

어떡하면 좋죠?

개망초

개망초가 흔들리며
오라고 손짓하고 있어
조용히 다가가 한 송이 꺾었다

요것이
소리치며

"그냥 보고만 있지 왜 꺾어요?
이래 봬도 아직 난
숫처녀거든요"

아! 울먹이며 부르짖는
이 애처로운 소리는
바로
그때 그 시절
꽃처럼 예쁜 그대의
나지막하게 떨리는 목소리였다.

여름밤

은하수 쏟아져
내리는 날

귀뚜라미 소리와
개구리 노랫소리

하나, 둘
곱게 포장했었지요

그대와
꿈속에서 만나
함께 듣고 싶어서.

아름다운 길

곱고 아름다운 길로 갈 수 있다는 바람이
붉은 장미꽃을 피웠습니다

보잘것없는 작은 곳에
담아야 할 값진 것들이
한 가닥 목숨인 아침이슬처럼
영롱하게 반짝입니다

실오라기 헝겊으로 힘껏 빨아올린
기름을 태우며 밝히는 호롱불처럼
온누리에 빛이 되길 원합니다

흰 백지 위에 힘 다하여 그려 놓은
삶의 짐들이 푸른 그리움으로
단비처럼 내립니다

가야 할 길이 멀고 험해도
수고와 보살핌으로 다듬어 준 사랑에
더 높은 곳을 향하여 걸어가렵니다

제목 : 아름다운 길
시낭송 : 최명자
스마트폰으로 QR 코드를 스캔하면
시낭송을 감상할 수 있습니다

97

한밤

달과 별을 가득 담은
수정처럼 맑은 개울가
그늘진 수양버들 아래
개구리들이
강강술래로 즐거워하며

함께 놀자고 불러 주어

흥겨운 장구 소리 따라
앵두 같은 사연 가지고
찾아온 그대와

만지면 터질듯한 볼
풀잎 향기
윤기 나는 흰 얼굴
숨 막히며 떨리는 손
꼭 잡고 돌고 또 돌다 보니

어느새
모두들 떠나가고
그대와 나의 아늑한 공간을
한없이 채웠습니다

정류장

장맛비 쏟아지는
오늘
그대를 보내야 했습니다

언젠가
돌아올 것 같아
차마 잡을 수 없어
철새처럼 왔다 가는 그대를
보내고 말았습니다

만나면
헤어지는 것이
운명처럼 익숙해 있지만
재회를 약속한
이별이기에

난
오늘도
헌책방에 포개 놓은
긴 이야기처럼
가는 사람과 오는 사람
한가운데
홀로 서 있었습니다

들꽃

들꽃이
미소 머금은 채 꼬리 흔들며
바람에 흔들리고 있어

비바람이 불어도
향기 품으며
웃고 있는 너를 보고 있노라면

들꽃도 살랑살랑
설렘 있는 꽃이었노라

그대가
내 마음 흔들 때는
하늘이 노랗고
심장이 멎을 것 같았는데.

촛불

마음에
불을 붙입니다

자신을 태우며
흘리는 눈물 속에
당신을 보았습니다

잎새 같은 얼굴과
가냘픈 손마디마다
지쳐 흘리는 고통의 소리
세상의 빛이 되신
님이여!

타는
날까지
내 마음엔
온통
당신의 모습으로 가득 찼습니다.

 제목 : 촛불
시낭송 : 최명자
스마트폰으로 QR 코드를 스캔하면
시낭송을 감상할 수 있습니다

하루를 보내며

저물어 갑니다
오월 한 달이 저물어 가고
한 주가 저물어 가고
오늘 하루가 저물어 갑니다
살아간다는 것
모두 바쁘게 저물어 가는 것을
오늘도
하루가 소중하고 귀한 날이었지만
가꾸지 못하고
다듬지 못한 하루를 보내고 말았습니다
하루를 마감하는 것
나를 지적하고 가르치며
반성하면서
또 다른 나로 만들어 가는 것이거늘
생각하면
실수의 연속이었습니다

나로 인해 상처받은 사람들의 모습이
가슴 떨림으로 밀려옵니다
나로 인해 아주 작은 아픔을 겪는 모습이
새벽바람처럼 차갑게 불어옵니다

얼마나 긴 세월이 흘러야
참 멋있는 하루, 후회하지 않는 하루
사랑 넘치는 하루로 만들어 갈 수 있을까?

진정
그늘진 곳에서 고통받는 이들의 마음을
헤아릴 수 있을까?

내 속에 생각과 말과 행동이 일치할 수 있을까?

버림받고 소외되고 병든 사람들을 위해
두 손 모아 눈물로 기도할 수 있을까?

새로운 내일이 오면
나는 또 어떤 길을 걸어가고 있을까?

이렇게
하루가 저물어 갑니다.

나의 어머니

어머니!
소리만 들어도 가슴이 저려옵니다
새벽에 일어나 시어른 기침하시면 술상 차려 사랑방에
올린 후 대가족 아침 준비에
손이 꽁꽁 얼어도 어디 말 한마디 할 수 없는 나의
어머니였습니다.

어머니!
소리만 들어도 눈시울이 뜨거워집니다
낮에는 차디찬 얼음물에 흰 무명옷, 삼배 적삼 사분으
로 세탁하며 참 때는 일꾼들 먹을 것 해서 양철통 머리
에 이고 나약한 몸으로 몇 킬로를 멀다 않고 날라야 했
던 나의 어머니였습니다.

어머니!
소리만 들어도 마음이 아픕니다
땅거미가 깔리면 저녁상 차려 식구들 먹이면서
행여 밥이 모자라면 당신은 끼니조차 건너뛰고 어린
자식들 굶을까 봐 애지중지 챙겨주시던 나의 어머니
였습니다

어머니!

생각만 하면 눈물이 납니다

한밤에는 어른들의 빨래 다림질, 길쌈과 쌈 배틀에서 피곤한 몸 이끌고 머리에는 수건 두르고 밤잠 설치시던 그 여인, 남편이 밖에 나가 바람을 피웠고 도박으로 전답을 없애도 꿀 먹은 벙어리가 돼야 했던 나의 어머니였습니다

어머니!

자식이 당신의 꿈이고 행복이었습니다

당신의 생명이었습니다

자식이 당신의 자랑이고 삶 자체였습니다

그런데

난 지금

어머님께 할 수 있는 일은

아무것도 없습니다

그냥 꿈속에서라도 뵙고 싶다고

너무너무 보고 싶다고

그리고 사랑한다고 전하고 싶습니다.

커피잔

커피잔을
문 앞에 둔 채
잠자려고
눈을 감았습니다

이맘때쯤
이팝나무 아래
별로 반짝이며
영글어 가는
추억의 문 열고

눈웃음 지며
커피 향 유난히 좋아했던
그대와
꿈속에라도
함께 나누기 위해.

기다림

꽃잎 떨어진 곳
내가
앉아 있을 테니

그대여!
향기 떠난 곳
옛 추억 출렁이는
연초록 잎새

나비로
찾아와 주오.

향기나는 그대

오늘
고추를 심었습니다

고추를 심어가면서
내 마음에 그대의 모습 채워가며
함께 심었습니다

사랑으로 물을 주고
영양을 공급하였습니다

아주 험한 곳을 함께 가더라도
넘어지지 않는 꽃길을
만들었습니다

오랜 세월 흘러
이 땅 저무는 그날까지
내 가슴에 머물 수 있도록
옥토에서 키우겠습니다

영산홍

햇살이 부서지며
쏟아져 내리는 아침

흰 얼굴 윤기 나는 붉은 입술과
핑크빛 미소로 유혹하고 있어

가까이 다가가
입술을 꽃술에 포개니
이대로
조금만 더 있어 달라고 애원한다

이 소리가
그대였으면 얼마나 좋을까.

그대 생각

산책하면서
우연히 돌을 던졌습니다

던지고 보니
내 가슴속이었습니다

가슴에
검게 멍이 든 것을 보니
아직도
마음속 깊이 그대가 있음을
알았습니다.

목련

이른 아침
흰 면사포 쓰고
무엇을 생각하는지

이슬에 젖은 얼굴로
쓸쓸하게 웃는 것을 보니
꿈속에서 만난 그대와
기약(旣約)도 없이 깨어났구나

많이
쓰리고 아프겠지

돌아서면 떠오르는
그대 얼굴 생각하며
아쉽다는 말 뒤로하고
웃고 있어야 하는
그 마음

언젠가
나 역시 그랬었지.

밤길

오늘따라
수많은 별들이
왜 저렇게도 반짝이는 것일까

가장 빛나는 별
하나 가져와
가슴에 담았습니다

행여 그대가
보고 싶어 찾아오는
그 길이 염려되어
오래도록 간직하기로 했습니다.

민들레 홀씨

노란 민들레꽃
홀씨가 되어
공중으로 날 준비를 하고 있어

가까이 다가가
흔들었더니
내 품속에 들어와 안겨버렸다

야!
요것도 꽃이라고
남자 냄새 기차게 맞는구나.

기분(氣分) 좋은 날

활짝 핀 벚꽃이
길가에
굴러다니고 있다

눈인 줄 알고
입에 넣었더니
그대의 달콤한 입술이라
넋을 잃고 말았습니다

운김 달아오른 그대는
소매 붙잡으며
제발 쉬어 가라고 하네

오늘은
정말
기분(氣分) 좋은 날.

연오(燕烏)의 석별

낙엽 지고 찬 바람 내려올 무렵
골목길 담장 안 마당에서 흘러나오는
다정다감한 모습으로 따라와

군중들의 환호와 박수를 받으며
노을빛 하늘에 수많은 검은 점들이
심포니오케스트라의 합주에 맞추어
단 한 치 오차도 없이 카드 섹션과
화려한 그림을 그리고 있다

땅거미가 내려앉을 무렵

긴 터널 지나 나타난
열차 바퀴처럼 돌고 또 돌아가는
곡예단의 운명처럼
먼 길 떠나는 이별을 노래한다

엄동설한에 피었다가
붉은 동백이 서럽게 떨어지고
속치마 불그스레 물들이는
산 넘어 하늘 저편으로
암내 풍기며 멀어져 간다.

* 연오(燕烏) : 까마귓과에 속한 작은 까마귀
* 심포니오케스트라 : 교향악을 연주하는 대규모의 관현악단

함께하면 힘이 납니다

동쪽 해 뜨는 곳에서
시리도록 푸른 금수강산
사계절이 있어 다가오는 봄맞이에
3면에 푸른 물결 출렁이고
아리랑 노랫소리가 가슴 울리는
사랑과 정이 넘치는 땅!

백의의 백성들이 찬란한 역사를
써 내려 온 선비의 기계와 정신으로
반만년을 걸어오면서
북쪽에서는 사납고 추한 짐승들이
호시탐탐 침 흘리며 달려들었지만
끈기와 인내로 지켜온 이 땅!

동쪽 바다 넘어 밀려오는 성난 노도와
폭풍에도 단 12척의 배로 수백 척의
적과 싸워 승리의 깃발 날리며
지혜와 충정으로 지켜온 이 땅!

분단의 아픔으로 전쟁을 겪으며
허리띠 졸라매고
고픈 배 움켜쥐고 피와 땀으로
민주화와 근대화를 동시에 이룩한
자랑스러운 우리 민족.

올림픽을 치르고 IMF를 겪으며
비바람이 불면 언젠가는 멈추고
올라가다 보면 내려가는 순리를 알았습니다.

모진 세월 보내며 극복한 저력으로
선진국으로 진입한 위대한 민족이기에
악마의 탈을 쓰고 찾아온
코로나19 같은 시련쯤은
어렵지 않게 극복할 수 있는 능력이
있음을 알고 있습니다.
우리 모두 하나가 되어 힘을 합치면
IMF를 우리의 힘으로 해결했듯이
코로나19가 이 땅에서
떠나가는 것을 보는
세계를 놀라게 할 수 있습니다.

오몽(午夢)

넓고 푸른 초원에
은빛 비늘처럼
한가하게 함박눈 쏟아지는 날
검고 긴 머리 바람에 날리는 그대와
손잡고 뛰고 걸으며
기뻐하며 지른 함성이
온누리에 퍼져 돌아온 메아리가
가슴 두드리고 파고들어
풍선 같은 그대를 안고
고목처럼 넘어지고 말았습니다
웃음 가득 안고 뒹구는 동안
어느새
우리는 눈사람이 되고 말았습니다

솜털 같은 그대의 품에서
라일락 향기 맡으며
눈을 떴습니다

그대의 손자국이 묻은
창밖에는
겨울비가 내리고 있었다

* 오몽 : 낮에 꾸는 꿈

118

너를 보면서

함께하는 동안
겨울나무에도
푸른 싹이 나 꽃이 피고
열매가 달려 보석처럼
익어가는 것을 보았어

함께하는 동안
소중하게 들려오는
심장 박동 소리는
핏줄로 연결된 사랑의 외침이
바로
살아가는 보람이며
기쁨으로 빛나는 자랑이었어

짧은 시간이지만
나에게로 다가와 준 해맑은 미소는
탐스럽게 영글어 가는
내 영혼의 그림자로 간직하고 싶었어

어미닭 품에서 나온
노란 병아리처럼
이쁘디이쁜 너는
화려하게 장식된 무대에서
별처럼 반짝였으면 좋겠다.

어느 날

무거운 포대 자락과 유모차를 가진
꼬부라진 할머니가 차를 세웠다
"안녕하세요? 씨돌입니다"
"아! 씨돌이, 턱걸 화천댁 손자"
반갑다고 잡아준 검버섯 핀 손이 차게 느껴졌다
"네"
"근데 요즘 왜 그렇게 안 보이노?"
"자주 오는데요"
할머니가 가지고 있는 포대 자락과 유모차를
화물차에 실었다
할머니는 다시 나에게 묻는다
"성씨가 어떻게 되시죠?"
"네 저 씨돌입니다"
"아! 그렇지
턱걸 화천댁 손자 씨돌이"
고향에 들르면 씨돌이 왔나
반갑게 맞이해 주시던 당수걸 아주머니가
조금 전에 했던 일도 잊어버리는
아흔 노인이 돼 버렸다

오늘은 화요일인데
아들이 저녁에 온다고 한다
그래서 알이 덜 찬 감자를 아들이 좋아해서
감자 캐러 밭에 왔다고 한다
감자와 유모차를 당수걸 할머니 집까지 바래다주었다
오늘이 화요일이긴 하지만
아들이 저녁에 와 주었으면 하는 바람으로
지팡이를 짚고 집으로 들어가는 것을 보면서 집으로 왔다
아들 기다리는 마음으로
지금쯤 감자를 삶고 있을게다.

20년 후 나의 모습이 떠올랐다
오늘 밤은 할머니와 아들의
다정한 저녁이 되었으면 좋으련만,

아침

햇살이
창문을 열었습니다

꿈속에서 나눈
그대와의 달콤한 사랑이
바람 타고 들어와

난
살며시
눈을 감았습니다.

등대

언덕 위 등대에
보름달이 떠오릅니다

그대는
애간장 녹이며
가슴 태우다

잊지 못할 사연 가지고
부엉이 소리로
밀려오는 그리움이여!

호수

오늘따라 호수가
왜 이렇게 잔잔할까?

돌을 던졌더니
그대를 향한
그리움이 한없이 번져가고 있다.

떠오르는 그대

그대 생각하면서
밭에 풀을 뽑고 있었지요

내 가슴에 새겨진
수많은 사연과
그리움이 무거워

밭 끝자락에
내려놓을 수 있는 자리를
비워 두었습니다

동백꽃

겨울 산책로 양지쪽
원피스 입고 소담스럽게
웃고 있는 동백꽃으로
살금살금 걸어가니
벌컥 화를 내면서
"왜 사모님과 같이 왔어요?"

야!
이것도
내 아내가 이쁜 줄 알기는
아는 모양이다.

겨울비 오는 날

12월 초하룻날
한 해 동안 미처 못 이룬 아쉬움에 하늘은 눈물을 흘립니다
흘러간 세월이 서러워 울고
못다 준 사랑이 안타까워 흘리는 눈물이며
별이 되어 반짝이는 당신의 장밋빛 편지였습니다

겨울비 오는 날에는
문득문득 떠오르는 사람이 있습니다
그날의 행복했던 순간들이 뜨거운 심장을 적시고 있습니다
목멤으로 불러보지만
돌아오는 그리움이 겨울비 되어 흘러내립니다
가을처럼 왔다가 떠난
당신의 자리에 남은 흔적은
세월 따라 조금씩 지워가고 싶지만
야속하게도 지울 수 없는 것은
영화처럼 스쳐 지나간 당신의 아름다운 모습과
아낌없이 주신 당신의
한없는 사랑이 부족한 가슴에 상처로 남았기 때문입니다

작은 것이라도 보답하고 싶지만
할 수 있는 것은 아무것도 없습니다
당신에게 배운 것은
모든 것을 가을바람에 날려 보내고
소슬하게 남아 있는 가냘픈 이파리의 외로움과
고통을 이기는 힘이었고
겨울비 맞으며 홀로 걸어갈 수 있는 용기였습니다
그래서 더욱 애틋하게 보고 싶은 당신은
나의 어머니입니다.

마음속에 핀 꽃

김국현 시집

2023년 11월 17일 초판 1쇄
2023년 11월 20일 발행
지 은 이 : 김국현
펴 낸 이 : 김락호
디자인 편집 : 이은희
기 획 : 시사랑음악사랑
연 락 처 : 1899-1341
홈페이지 주소 : www.poemmusic.net
E-Mail : poemarts@hanmail.net

정가 :10,000원
ISBN : 979-11-6284-487-8